LES CRIMES

DES ARISTOCRATES,

OU

RÉPONSE

AUX CRIMES DE PARIS.

Vox Populi, vox Dei.

L'ouvrage le plus dangereux que l'on puiſſe lire ſur l'heureuſe révolution dont la France attend ſa félicité, eſt un petit Poëme en vers Alexandrins, intitulé *Les Crimes de Paris*, précédé de l'épigraphe ſuivante :

Et lacrimæ deerant oculis & verba palato,
Poſtquam ſe dolor imminuit mea pectora planxi.

OVID.

1790.

LES CRIMES

DES ARISTOCRATES,

OU

RÉPONSE

AUX PRIMES DE PARIS.

LA Poéfie de cet ouvrage eft marquée au coin du talent. Elle eft vigoureufe, & ne manque pas de coloris. Mais elle ne refpire que le menfonge, l'impofture & le fanatifme ariftocratique. Les fideles Patriotes y font horriblement calomniés, déchirés; & les perfécuteurs, les vexateurs du peuple y font exaltés & prefque divinifés. L'auteur n'a raffemblé toutes fes forces, n'a fait parade de fon éloquence & de fon énergie que pour dreffer des outils au crime de la fcélératesse & décrier la patriotifme & la vertu. Il n'eft pas poffible de parcourir ce poëme fans être faifi d'indignation, fans être pénétré d'horreur & vouer un éternel mépris au poëte criminel qui a déshonoré fes pinceaux en traçant un éloge pompeux de tous les oppreffeurs de la patrie & des

A 2

avides concuffionnaires qui défoloient nos villes
& nos provinces.

Je ne prends la plume que pour purger mes
Concitoyens de fon audace & de fon impudence.
Si je ne m'amufe point à cadencer des rimes, ce
n'eft que dans la généreufe & louable réfolution
de montrer une véracité plus frappante & plus
fenfible. Tout lecteur judicieux, fait parfaitement
que la vérité n'a pas befoin d'emprunter les couleurs de la poéfie pour être favorablement enten-
due & plaire. Une peinture n'eft intéressante que
quand elle imite la nature; la magie a fans-doute
des attraits qui ravissent les fens, mais elle ne
laisse aucune impreffion durable dans l'ame, quand
on ne l'employe qu'à parer la fiction & le menfonge. J'efpere qu'on me faura plus de gré de
réfuter & de confondre un écrivain audacieux &
téméraire, coupable aux yeux de tous les hon-
nétes gens, & digne de la févérité des loix, que
de chercher à flatter l'oreille par le langage har-
monique.

Cet auteur, partifan fanatique de l'ariftocratie
& des ariftocrates, implore dans fon exorde le
talent du plus nerveux, du plus fublime de nos
poëtes dramatiques, il invoque le pinceau du

grand Corneille , lorfque ce peintre immortel , dans fon plus fuperbe tableau , traça les crimes de Cinna & les fureurs des Romains. Il prétend qu'il a befoin du génie & du feu de cet admirable tragique pour crayonner les attentats des Parifiens , & offrir à la poftérité leur honte & leur barbarie.

C'étoit précifément tout le contraire de ce qu'il devoit penfer & faire , s'il eut voulu préfenter le caractere d'un honnête homme & d'un bon patriote. Comment exifte-t-il un efprit affez noir pour gémir de n'avoir pas reçu de la nature le talent de Corneille, pour donner au crime toutes les couleurs dé la vertu? Peut-on concevoir qu'il exifte un tel monftre? Le croiroit-on fi l'on n'avoit pas entre les mains un ouvrage auffi affreux? Cet Energumene , en remontant au fiecle des Valois , affure que Paris a dans tous les temps trahi & chaffé fes Rois, que les Parifiens profcrivirent , exhéréderent , dépofféderent Charles VI , & forcerent le parlement à déclarer bâtard ce monarque , & ouvrîrent leurs portes a Henri V , roi d'Angleterre, pour le couronner roi de France. Il ajoute que Charles VI en appela à Dieu & à fon épée , & fut obligé de conquérir fon royaume. Quelle mauvaife foi dans cet

Écrivain. S'il eut été véridique , n'auroit-il pas dit que les Parisiens, indignés de l'usurpation d'Henri V , secouerent le joug de ce prince usurpateur, & signalerent leur courage & leur amour pour leur roi, en faisant tous leurs efforts pour rentrer sous la domination de leur prince légitime. La faction du duc de Bourgogne, dénommée les *Maillotins* , n'étoit pas composée de Parisiens, mais d'aristocrates, dont ce duc de Bourgogne étoit le chef.

Il est également faux que Henri III dût tous ses malheurs aux Parisiens, qu'il finit par en être assassiné. Henri III dût ses calamités aux prêtres, aux grands, aux ambitieux, à la ligue, & fut assassiné par un moine, dominicain célebre, sous le nom de Jacques Clément. Comment a-t-on l'audace de démentir ainsi la vérité de l'histoire ? A qui ce calomniateur soudoyé croit-il en imposer ? qui ne sait pas, qui ne connoît pas toutes les horreurs dont les fanatiques aristocrates de la cour & du clergé se sont rendu coupables dans tous les empires, & particulierement dans les temps de la ligue ?

Ce poëte entreprend de justifier le régent du crime que l'Europe impute à sa mémoire, d'avoir

tenté d'ufurper la couronne à Louis XV, fon pu-
pille. Il nous repréfente ce duc d'Orléans comme
un grand homme & non comme un ambitieux. Il
foutient que *Largange-Chancel* fut un fourbe &
un calomniateur. Efpere-t-il, ce poëte ténébreux,
en imprimant d'atroces calomnies lui-même,
qu'on l'en croira fur fa parole. Quand on fe montre le défenfeur acharné de la mauvaife caufe à
des coquins, il faut au moins avoir assez d'adreffe
pour donner à fa mauvaife foi un air de candeur
& de vérité; il ne faut pas dénaturer les faftes
facrés & les dépôts de l'hiftoire; il ne faut point
contredire ce qui eft conftant, ce que l'on a vu &
ce qui eft avoué, confenti généralement. Quel
homme un peu inftruit ignore que le régent,
avec du génie, étoit un prince corrompu & vi-
cieux. Comment avancer que Paris s'eft armé a
la voix du duc d'Orléans, transfuge en Angleterre? Je ne veux point excufer ce prince qui,
fans doute, a eu des |vues ambitieufes, mais qui
a fenti le danger de les mettre à exécution. Les
François, & fur-tout les Parifiens, aiment leur
roi. Quel peuple a jamais donné plus de preuves
de fon amour, de fon zele, de fa fidélité à fes
rois? Les François n'ont, en aucun temps, imputé leurs calamités à leur prince, mais à tous

les fripons, à tous les ariſtocrates qui l'environ‑
noient & l'empoiſonnoient de leurs pernicieux con‑
ſeils ; les Pariſiens n'ont jamais conçu l'idée que
Louis XVI avoit l'intention de les foudroyer. Ils
n'ont imputé cette barbarie qu'aux ariſtocrates,
& ils ne ſe ſont pas trompés.

Ce poëte calomniateur ne rougit pas de faire
un crime aux Pariſiens d'avoir pris la Baſtille,
d'avoir traîné de Launay, le perfide de Launay
au ſupplice ; il blâme le marquis de la Fayette
d'avoir décoré d'un ruban le brave régiment des
Gardes. Il fait un éloge magnifique du maréchal de
Broglie, des princes de Condé, de Conti, Bourbon,
d'Enguien, d'Angoulême, de Berry. Il dit que la
fuite de ces grands ſeigneurs, démontre aux cours
étrangeres que le peuple françois eſt aguerri aux
forfaits. Il a l'imbécillité de faire l'apothéoſe d'un
Foulon, d'un Bertier, hommes affreux, fléaux de
leur patrie, ennemis de leur Roi, courtiſans per‑
fides, monopoleurs infâmes, concuſſionnaires in‑
ſatiables, & dont le ſouvenir douloureux ſera en
exécration à la derniere poſtérité. Il accuſe (ce
malheureux libelliſte) le peuple Pariſien d'être un
peuple antropophage, pour avoit déployé ſa juſte
fureur contre ces barbares qui lui avoient arraché
juſqu'au

Jufqu'au premier aliment de la vie, l'avoient afferví
fous leur cruelle tyrannie, & prétendoient le ré-
duire à la pâture des animaux. Il fe plaint avec
amertume du comte de Mirabeau, dont les patriotes admirent la fidélité ; il inculpe M. Barnave,
il le traite d'orateur foudoyé, de vil Seïde attaché
par le crime au comte de Mirabeau ; bientôt il fait
un crime au marquis de la Fayette d'avoir fuivi
des Parifiens, été chercher le monarque & la famille royale à Verfailles, pour les fouftraire à la
fureur & aux attentats des ariftocrates qui vou-
loient d'abord les conduire à Metz. Il blâme la
valeur parifienne qui punit la férocité des Gardes-
du-Corps. Il femble applaudir à la forfanterie de
ces militaires fanfarons qui avoient lâchement im-
molé, affaffiné les femmes de Paris, qui n'avoient
eu d'autre tort que de demander du pain au monarque qu'elles regardoient comme leur pere, & à
qui elles venoient témoigner leur confiance & leur
amour. Le tableau qu'il efquiffe du réveil précipité
de la Reine & du Dauphin, qui fe fauverent chez
le Roi, eft de main de maître ; il n'y manque
que la vérité. Peut-on employer fon talent, à em-
bellir le menfonge ; eft-ce dans un fait hiftorique
qu'on doit avoir recours à des images fictives ?
Eft-il vrai que l'armée parifienne vouloit attenter

B

aux jours du Roi & de fa famille ? Il prétend que fans l'arrivée du marquis de la Fayette, la fureur des troupes nationales n'auroit pas épargné le monarque, & fa femme & fon fils. Il traite les Parifiens d'affaffins, de loups affamés, enragés. Ce méprifable calomniateur qui fait que les citoyens de la capitale n'ont couru à Verfailles que pour amener Louis XVI à Paris, & veiller de plus près à fa plus précieufe confervation, pour le garder eux-mêmes & lui renouveller chaque jour les témoignages de leur fidélité. Eh bien, ce blafphémateur infigne impute aux Parifiens les crimes, les attentats les plus noirs. Il ofe enfuite déchirer, déprimer les auguftes décrets de l'Affemblée Nationale ; il annonce que toutes leurs opérations ne préparent qu'une guerre inteftine. M. Necker, le fidele Necker, n'eft pas mieux traité. Enfin ce noir, cet ariftocratique écrivain, a confumé fes forces, ufé fes crayons, atténué fa voix, émouffé fa plume pour défigurer la vérité, calomnier les honnêtes gens, exhalter les fcélérats, honorer les ariftocrates, honorer les fourbes & les frippons. Il ne s'attache qu'à décrier les bons patriotes & les plus vertueux députés, dont l'amour, pour le bien, éclate dans toutes leurs motions. Il imagine des horreurs, & les leur prête gratuitement ; il

(11)

n'eſt pas poſſible de tenir à la probité ; quand
on montre tant de chaleur & d'intérêt à préconi-
ſer les malheureux oppreſseurs de la patrie. Il en
eſt un (1) pourtant qui a échappé à ſes éloges,
parce que ſans doute ſon nom ne s'eſt point pré-
ſenté à ſa mémoire ; mais tous nos Princes, le
maréchal de Broglie, les de Launay, les Flesselles,
les Bertier, les Foulon reçoivent tour à tour le
tribut de ſon encens ; il en fait ſes héros & ſes
dieux.

Un honnête écrivain, pour démontrer ſon atta-
chement à la vertu, ſon amour patriotique n'auroit à dire préciſément tout le contraire de ce
qu'il a oſé imprimer.

Comment a-t-on l'audace d'accuſer les Pariſiens de rebellion & de crimes, parce qu'ils ont
ſecoué le joug de la ſervitude, & qu'ils ſe ſont
vengés des vexateurs qui leur arrachoient juſqu'au
pain, ſans manquer de reſpect & de fidélité à
leur monarque, ſans abolir les loix, ſans ceſſer
d'honorer la vertu ? quelle nation leur refuſe ſon
adminiſtration ? Ils ont massacré de Launay,

____

(1) Le Prince Lambeſc.

mais de Launay n'étoit-il pas un traître, un affaffin ? Ils ont égorgé de Flesselles ; mais de Flesselles n'étoit - il pas un fourbe, & le coupable ayeul des ariftocrates ? Ils ont fufpendu à une croix Foulon & Bertier ; mais ces deux fcélérats n'étoient-ils pas des monftres, fans honneur, fans humanité ; n'avoient-ils pas défolé la Patrie par leurs horribles concuffions ? Qu'on interroge les provinces qu'ils ont dévaftées, pillées, ruinées ; qu'on interroge les familles qu'ils ont perfécutées ? que d'injuftices n'ont-ils pas accumulées ? A qui ont-ils fait quelque bien, fi ce n'eft à leurs collegues & aux criminels accapareurs qu'ils mettoient à contribution.

Qui pourroit, fans rougir, faire l'éloge d'un Prince Lambefc, meurtrier téméraire ; mais imprudent, qui nous apprit qu'il étoit temps de nous mettre fûr nos gardes. Quelles obligations n'avons-nous pas au brave régiment des Gardes ? Le premier devoir des Parifiens, n'étoit-il pas d'anéantir ce monument (1) affreux du defpotifme & de la barbarie, & de rendre la vie, la liberté, aux victimes infortunées de l'ambition &

____

(1) La Baftille.

de l'ariftocratie ? Que de prifonniers injuftement
claque-murés dans ces tours affreufes, ont expiré
après des fiecles de peine & de torture, fans avoir
jamais fu le motif de leur captivité ! Combien
d'illuftres écrivains ont reçu la mort dans ce ma-
noir infernal, pour prix de leur courageufe véracité ? Combien d'époux trompés par leurs crimi-
nelles époufes, qui livroient leurs charmes impu-
diques à des féducteurs puiffans & dorés, font
morts défefpérés, en ayant encore la trifte foi-
bleffe d'aimer les beautés coupables à qui leur fort
devoit être uni pour jamais ?

Parlez murailles fombres, témoins des crimes
que les tyrans ont opérés dans votre obfcure en-
ceinte. Parlez, cachots horribles, qui avez recélé
& vu expirer dans vos abîmes ténébreux, les plus
grands, les plus vertueux, les plus favans des humains.

La nation Françoife, cette nation valeureufe
fouffroit depuis long-temps d'envifager ce monument odieux, bâti par les Ariftocrates, pour at-
tefter leurs cruautés, leurs injuftices, & déshono-
rer l'humanité, par des horreurs dont les barbares
mêmes ne font pas capables. Parlez affreux don-

fons de Vincennes, qui avez vu gémir tant de vé-
nérables êtres ; votre démolition étoit-il un acte
d'injuſtice & de rébellion ?

O Bailly ! ô la Fayette ! ô grands hommes ! ſi
jamais mon cœur ſéduit mon eſprit trompé, a pu
douter de votre patriotiſme, de votre fidélité,
c'eſt qu'égarés par les inſpirations de vos ennemis
perfides à ma patrie, je n'avois pas encore aſſez
d'expérience pour juger les hommes ; c'eſt que je
répugnois à croire à la vertu, après avoir ſouffert
les perſécutions de tant de glorieux & de ſcé-
lérats.

Mais mon hommage, l'hommage que je vous
rends, eſt gravé dans mon cœur, & pur comme
vous-mêmes. Je ne crains point d'être démenti ;
trente millions de voix ſe feroient entendre pour
remercier la Providence de vous avoir fait naître
dans ces temps orageux, où la nation Françoiſe,
ſans le concours de vos lumieres & de vos ſer-
vices, feroit retombée dans la ſervitude, dans
l'inertie & l'ignorance des ſiecles de barbarie &
d'obſcurité.

Bailly, grand homme, illuſtre Académicien,

éclaire les humains , les gouverne avec la fageſſe & la douceur de Socrate. Les François béniſſent le Ciel de l'avoir pour leur légiſlateur & leur juge.

La Fayette, dont la deſtinée eſt de fonder l'empire de la liberté dans les pays qu'il a parcourus, protege avec ſon bouclier & ſon épée contre les Grands , contre les Ariſtocrates , le peuple François dont il eſt juſtement chéri , reſpecté & eſtimé. Ce vaillant guerrier, qui, comme Jules-Céſar, manie la plume comme les armes , ne conſacre ſes talens littéraires & la valeur de ſon bras, que pour le ſalut de la Patrie, & oublie, tous les jours, qu'il eſt né grand Seigneur, que toute ſa famille eſt décorée de tous les titres pompeux qui flattent la vanité, pour n'épouſer que le parti le plus juſte , le plus pur, celui de l'honneur, du ſentiment & de l'humanité.

F I N.